Calentito en casa

¿Cómo es tu casa? Los animales también tienen casas. Necesitan un lugar seguro para que su familia crezca a salvo y para abrigarse del mal tiempo. ¡Algunos hasta llevan sus casas sobre las espaldas!

Muchos animales viven sobre tierra o debajo de ella. Otros viven en las alturas, en rocas o en árboles. Madrigueras, nidos o simples huecos pueden ser sus hogares.

OSOS PARDOS

La mayoría de los osos pardos viven en países muy fríos. En invierno salen a buscar un cubil seco y caliente.

Algunos osos hacen sus cubiles en cavernas. Otros cavan agujeros en la tierra o encuentran abrigo bajo los árboles.

Los osos pardos comen pescado o se suben a los árboles en busca de miel. En verano comen muchas plantas o cualquier otra cosa porque en invierno escasea la comida.

Los oseznos nacen durante el invierno. La mamá osa y sus bebés duermen en el cubil hasta la primavera.

TOPOS

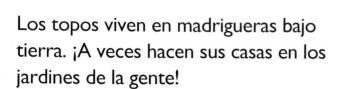

Los topos viven en madrigueras bajo tierra. ¡A veces hacen sus casas en los jardines de la gente!

Los topos usan sus fuertes patas delanteras y sus garras afiladas para cavar.

Los topos no ven muy bien. Tienen unos bigotes que le ayudan a encontrar su camino por los túneles y las madrigueras.

La mayor parte del tiempo, los topos se quedan en sus casas. La mamá topo sale a veces de noche a buscar hojas para tapizar el nido.

RATONES DEL CAMPO

Los ratones del campo hacen sus nidos en medio de hierbas altas y con sus largas colas se suben por los tallos de las plantas.

El nido del ratón del campo tiene que ser muy sólido para poder albergar hasta ocho crías.

Para hacer el nido tejen tiras de hojas alrededor de los tallos de las hierbas. Luego lo tapizan con un lecho de hojas suaves.

El nido no tiene una entrada principal. El ratón entra por cualquier lado.

MARMOTAS

Las marmotas son animales muy cariñosos. Casi siempre andan en grandes grupos y viven en madrigueras bajo tierra.

Si sienten el peligro, ladran para avisar a los otros. Luego entran rápidamente en los agujeros para escapar.

Durante el día, las marmotas salen de sus madrigueras para comer hierbas y plantas.

Las marmotas se saludan tocándose las narices.

CARACOLES

¡Los caracoles llevan la casa puesta a todos lados! Viven en conchas que cargan sobre sus espaldas.

Les gusta la humedad y salen a comer plantas después de la lluvia. Cuando está muy seco, se quedan en sus caparazones y cierran la entrada.

Tienen un cuerpo blando y baboso que deja una huella plateada. Sus ojos están encima de unas antenas largas.

Cuando se asustan, los caracoles entran rápido dentro de sus conchas y se esconden de los pájaros bajo los leños y las piedras.

CASTORES

Los castores viven en madrigueras llamadas embalses. Los hacen con las ramas de los árboles.

Tienen fuertes dientes y con ellos roen la corteza de los árboles y los derriban.

Construyen sus embalses en medio de los lagos o de los ríos. La entrada bajo el agua conduce a una gran habitación.

Las crías se quedan en casa, donde está seco y calentito. Sus padres les traen plantas, ramitas y hojas para comer.

CONEJOS

Los conejos viven en grupos grandes. Muy a menudo comparten cuevas y túneles subterráneos. Juntos hacen una gran casa llamada conejera.

Gracias a sus largas orejas escuchan cualquier ruido. Tienen un olfato muy desarrollado y cuando huelen el peligro, fruncen el hocico.

Los conejos usan sus patas delanteras para cavar hoyos y túneles. Las patas traseras son más largas y fuertes y les sirven para avanzar a saltos.

Cuando se asustan, los conejos brincan hacia sus conejeras para protegerse.

ARDILLAS

Hay muchos tipos de ardillas. Las que viven en los árboles hacen sus nidos en las ramas o en los agujeros de los troncos huecos.

Las ardillas de los árboles a veces tienen dos casas. Una calentita tapizada de cortezas y hojas y otra más aireada para los días de calor.

Las ardillas pasan la mayor parte del tiempo buscando nueces y bayas para comer.

Esconden la comida en sus nidos o la entierran para que nadie la descubra.

AVISPAS

Las avispas son insectos que viven en nidos. Muy a menudo trabajan en grupo y se entreayudan para construirlos.

Algunas avispas hacen sus nidos de finas hojas de papel. Fabrican el papel masticando plantas y madera vieja. Otras avispas hacen los nidos de barro.

Las avispas hembras duermen todo el invierno. En la primavera hacen otro nido para sus crías.

Muy a menudo beben el néctar de las flores. Otras veces cazan insectos para dar de comer a sus crías.

PREGUNTAS

¿Qué tiene de especial la casa del caracol?

¿De qué está hecho el nido del ratón del campo?

¿Qué hacen las marmotas cuando sienten peligro?

¿Dónde duermen los osos pardos durante el invierno?

¿Cómo se llama la casa de los castores?

¿Adónde corren los conejos cuando se asustan?

¿Con qué cavan sus agujeros los topos?

¿Cuántos nidos tienen las ardillas de los árboles?